# Le petit Nicolas

# Le petit Nicolas

by
GOSCINNY

adapted by
ANN DUBS B.A.

formerly of the Modern Languages Department
Woodberry Down Comprehensive School

illustrated by SEMPÉ

Longman

LONGMAN GROUP UK LIMITED
*Longman House,*
*Burnt Mill, Harlow, Essex CM20 2JE, England*
*and Associated Companies throughout the world.*

*First published by Denoël, Paris, 1960*
*English school edition © Longman Group Limited 1967*

*First published 1967 by Longman Group Ltd*
*in association with Denoël, Paris*
*Eighteenth impression 1988*

ISBN 0-582-36071-4

*Produced by Longman Group (FE) Ltd*
*Printed in Hong Kong*

# Table des matières

Written originally for adults by Goscinny of *Astérix* fame, the stories have been cut and adapted to suit them to the second and third year of French in the secondary school.

The vocabulary lists at the end of each chapter contain a few colloquialisms, indicated by the abbreviation '(fam)'. In one particular chapter, *Djodjo*, these familiar expressions occur more frequently and have been listed separately in the vocabulary.

The chapters *La visite de l'inspecteur* and *La répétition* contain references to two French texts, *Le Corbeau et le Renard* and the first stanza of the *Marseillaise*. As a preliminary study of these would be helpful, they have been included.

# Personnages

*Les-copains*
Nicolas
Geoffroy, dont le père est très riche
Eudes, qui est très fort
Alceste, qui mange tout le temps
Rufus, dont le père est agent de police
Clotaire, qui est le dernier de la classe
Maixent
Joachim
Cyrille
Djodjo

*Les autres*
Agnan, qui est le premier de la classe et le chouchou de
La Maîtresse
Le Directeur
L'Inspecteur
Quelques Parents
Les Surveillants: M. Dubon, M. Bordenave
Mademoiselle Vanderblergue

# 1 La photo de la classe

Ce matin, nous sommes tous arrivés à l'école bien contents, parce que le photographe allait prendre une photo de la classe. La maîtresse nous avait dit de venir bien propres et bien coiffés.

C'est avec beaucoup de brillantine sur la tête que je suis entré dans la cour de récréation. Tous les copains étaient déjà là. La maîtresse grondait Geoffroy, qui était habillé en martien. Geoffroy a un papa très riche qui lui achète tous les jouets qu'il veut. Geoffroy disait à la maîtresse qu'il voulait absolument être photographié en martien.

Le photographe était là aussi avec son appareil. La maîtresse lui a dit de prendre vite sa photo comme nous avions cours d'arithmétique. Agnan, qui est le premier de la classe et le chouchou de la maîtresse, n'était pas content du tout, car il avait bien fait tous ses problèmes d'arithmétique. Eudes, un copain qui est très fort, a voulu donner un coup de poing sur le nez d'Agnan. Mais Agnan a des lunettes et on ne peut pas lui donner des coups de poing. La maîtresse a crié que nous étions insupportables. Le photographe, alors, a dit :

– Allons, allons, allons, du calme, du calme. Je sais comment on parle aux enfants.

Le photographe a voulu nous mettre sur trois rangs ; le 9

premier rang assis par terre, le deuxième rang debout autour
de la maîtresse et le troisième debout sur des caisses. Il a
vraiment de bonnes idées, le photographe.

Nous sommes allés chercher les caisses dans la cave de
l'école. Nous nous sommes bien amusés parce qu'il n'y avait
pas beaucoup de lumière dans la cave. Rufus s'est mis un
vieux sac sur la tête en criant:

– Hou! Je suis le fantôme.

Puis, la maîtresse est arrivée. Elle n'avait pas l'air contente,
alors nous sommes vite partis avec les caisses. Seulement Rufus
est resté dans la cave. Avec son sac, il n'a rien vu et il a continué
à crier:

– Hou! Je suis le fantôme.

C'est la maîtresse qui a enlevé le sac. Rufus était drôlement
étonné.

De retour dans la cour, la maîtresse a lâché l'oreille de
Rufus. Puis, elle s'est frappé le front avec la main.

– Mais alors, mes enfants, vous êtes tout noirs, nous a-t-elle
dit.

La maîtresse avait raison. Nous nous étions un peu salis
dans la cave. Elle n'était pas contente, mais le photographe a
dit que nous avions le temps de nous laver pendant qu'il
10  rangeait les caisses. Bien sûr, Agnan avait la figure propre.

Geoffroy aussi avait la figure propre, puisqu'il avait la tête dans son casque de martien.

— Vous voyez, a dit Geoffroy à la maîtresse, comme mes copains ne se sont pas habillés en martien, ils se sont tous salis.

La maîtresse avait envie de tirer les oreilles de Geoffroy, mais elle ne pouvait pas à cause du casque.

Nous sommes revenus bien propres et bien coiffés.

— Bon, a dit le photographe, vous allez prendre place pour la photo. Les plus grands sur les caisses, les moyens debout et les petits assis.

Il disait à la maîtresse qu'il savait parler aux enfants, mais elle ne l'écoutait pas. Nous voulions tous être sur les caisses et elle est venue nous séparer.

— Il y a un seul grand ici, c'est moi, a crié Eudes.

Geoffroy essayait de monter sur les caisses. Alors, Eudes lui a donné un coup de poing sur le casque et il s'est fait très mal. Tout le monde a fait de grands efforts pour enlever le casque, qui s'est coincé. La maîtresse avait l'air très fâchée.

— Alors Geoffroy a demandé au photographe:

— C'est quoi, votre appareil?

Le photographe a souri et il a dit:

— C'est une boîte d'où va sortir un petit oiseau, bonhomme.

— Il est vieux, votre appareil, a dit Geoffroy. Mon papa

m'a donné un appareil avec objectif à courte focale, télé-objectif, et, bien sûr, des écrans.

Le photographe n'avait pas l'air content. Il a dit à Geoffroy:

– Retourne à ta place.

– Est-ce que vous avez au moins une cellule photoélectrique? a demandé Geoffroy.

– Pour la dernière fois, retourne à ta place, a crié le photographe.

Il avait l'air très énervé.

Nous nous sommes tous assis. J'étais assis par terre, à côté de mon camarade, Alceste. Il est très gros parce qu'il mange tout le temps. Il mangeait une tartine de confiture.

– Lâche cette tartine, a crié la maîtresse, qui était assise juste derrière Alceste.

La tartine est tombée sur la chemise d'Alceste. Alors, la maîtresse a dit à Eudes:

– Donne ta place sur les caisses à Alceste. Ainsi, on ne verra pas qu'il a la chemise sale.

Eudes n'a pas voulu donner sa place à Alceste.

– Pourquoi ne peut-il pas tourner le dos à l'appareil? a-t-il demandé. Comme ça, on ne verra pas sa chemise sale. On ne verra pas sa grosse figure, non plus.

La maîtresse était très fâchée. Elle a donné comme punition à Eudes la conjugaison du verbe: «Je ne dois pas refuser de donner ma place à un camarade qui a renversé sur sa chemise une tartine de confiture.»

Eudes n'a rien dit. Il est descendu de sa caisse et il est venu au premier rang. Alceste est allé au dernier rang. Il y avait un peu de désordre quand Eudes a donné un coup de poing sur le nez d'Alceste.

Alors, la maîtresse a distribué des punitions à toute la classe.

– Vous allez prendre la pose, faire un joli sourire et le

monsieur va prendre une belle photographie, nous a-t-elle crié.

Tout le monde a pris la pose en souriant, mais c'était trop tard. Le photographe n'était plus là. Il était parti sans rien dire.

*Vocabulaire*

propre  *clean*
être bien coiffé  *to have well-groomed hair*
le copain (fam)  *friend, 'mate'*
gronder  *to scold*
habillé en martien  *dressed like a Martian*
le chouchou  *favourite*

13

donner un coup de poing *to punch*
le rang *row*
la caisse *packing-case*
la cave *cellar*
avoir l'air *to look, to appear*
enlever *to take off*
lâcher *to release*
ranger *to arrange*
se salir *to get dirty*
le casque *helmet*
l'envie (f) *longing*
se faire mal *to hurt oneself*
se coincer *to be jammed*
fâché *angry*
l'objectif (m) *lens*
l'écran (m) *screen*
énervé *irritated*
la tartine de confiture *slice of bread and jam*
renverser *to spill*

## Questions

1 Pourquoi Nicolas avait-il beaucoup de brillantine sur la tête?
2 Combien d'élèves avaient bien fait leurs devoirs d'arithmétique?
3 Qu'est-ce que les élèves ont fait dans la cave?
4 Pourquoi Rufus n'a-t-il pas vu la maîtresse quand elle est entrée dans la cave?
5 Pourquoi Agnan avait-il la figure propre?
6 Comment le masque de Geoffroy s'est-il coincé?
7 Est-ce que l'appareil du photographe ressemblait à celui de Geoffroy?
8 A quel rang Nicolas s'est-il assis?
9 Pourquoi la chemise d'Alceste était-elle sale?
10 Selon Eudes, que devait faire Alceste?

# 2 Les cowboys

J'ai invité les copains à venir à la maison cet après-midi pour jouer aux cowboys. Ils sont arrivés avec toutes leurs affaires. Rufus portait l'uniforme d'agent de police que lui avait donné son père, avec le képi, les menottes, le revolver, le bâton blanc et le sifflet. Eudes portait un chapeau de boy scout, un ceinturon et deux étuis dans lesquels il y avait de grands revolvers. Alceste était en indien avec une hache en bois et des plumes sur la tête : il ressemblait à un gros poulet. Geoffroy, qui a un papa très riche, était habillé complètement en cowboy, avec un pantalon en mouton, un gilet en cuir, une chemise à carreaux, un grand chapeau et des revolvers. Moi, j'avais un masque noir, mon fusil à flèches et un mouchoir rouge autour du cou.

Nous étions dans le jardin et maman a promis de nous appeler pour le goûter.

– Bon, ai-je dit, je suis le jeune homme et j'ai un cheval blanc. Vous, vous êtes les bandits.

Les autres n'étaient pas d'accord. Eudes aussi voulait être le jeune homme.

– Avec une tête comme la tienne, tu ne peux pas être le jeune homme, a dit Alceste.

– En tout cas, a dit Rufus, moi, je serai le shérif.

– Tu me fais rire, a dit Geoffroy. As-tu jamais vu un shérif avec un képi?

Rufus, dont le père est agent de police, n'était pas content.

– Mon papa porte un képi, a-t-il répondu, et personne ne se moque de lui.

– Tout le monde se moquerait de lui s'il s'habillait comme ça au Texas, a dit Geoffroy.

Alors, Rufus lui a donné une gifle. Geoffroy a sorti un revolver de l'étui et Rufus lui a donné une autre gifle. Geoffroy est tombé assis par terre en faisant pan! avec son revolver. Puis, Rufus s'est mis les mains sur le ventre: il est tombé par terre en faisant des grimaces.

Moi, je galopais dans le jardin en me donnant des tapes aux jambes pour avancer plus vite. Eudes m'a dit:

– Descends de ce cheval. Le cheval blanc, c'est à moi.

– Non monsieur, lui ai-je dit, ici je suis chez moi et le cheval blanc, c'est à moi.

Rufus a donné un grand coup de sifflet.

– Tu es un voleur de chevaux, a-t-il dit à Eudes. A Kansas City on pend les voleurs de chevaux.

Alors, Alceste est arrivé en courant.

– Attends. Toi, tu ne peux pas le pendre. C'est moi qui suis le shérif.

– Depuis quand? a demandé Rufus.

Alceste a pris sa hache en bois et il a donné un coup sur la tête de Rufus. Heureusement, celui-ci portait son képi.

– Mon képi, tu as cassé mon képi! a crié Rufus, et il s'est mis à courir après Alceste.

– Eh bien, mes amis, a dit Eudes, j'ai une idée. Nous, nous serons les cowboys et Alceste sera la tribu des indiens. Lui, il prendra un prisonnier. Puis nous délivrerons le prisonnier et Alceste sera vaincu.

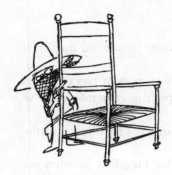

Tous les copains aimaient cette idée, sauf Alceste, qui n'était pas d'accord.

– Pourquoi dois-je faire l'indien? a-t-il demandé.

– Parce que tu as des plumes sur la tête, idiot, a répondu Geoffroy.

– Alors, je ne joue plus, a dit Alceste, et il est allé dans un coin manger un petit pain au chocolat qu'il avait dans sa poche.

– Bon, a dit Eudes aux autres, s'il ne joue pas, je le scalperai !

Alceste a répondu qu'il ferait l'indien, à condition d'être un bon indien à la fin.

– Qui sera le prisonnier? ai-je demandé.

– Geoffroy sera le prisonnier, a répondu Eudes. On va l'attacher à l'arbre avec la corde à linge.

Geoffroy avait l'air fâché.

– Pourquoi moi? a-t-il demandé. Je ne peux pas être le prisonnier, je suis le mieux habillé de tous.

Alors, tout le monde a commencé à se battre. Il y avait tant de bruit que papa est sorti de la maison.

– Eh bien, les enfants, a dit papa, qu'est-ce que c'est que ce vacarme? Vous ne savez pas vous amuser gentiment?

– C'est à cause de Geoffroy, monsieur, il ne veut pas être le prisonnier, a dit Eudes.

18      – Tu veux ma main sur la figure? a demandé Geoffroy.

Ils ont recommencé à se battre, mais papa les a séparés.

– Allons, mes enfants, a-t-il dit, je vais vous montrer comment il faut jouer. Le prisonnier, ce sera moi.

Tout le monde était content. Nous avons attaché papa à un arbre avec la corde à linge. A ce moment-là, notre voisin monsieur Blédurt a sauté par dessus la haie du jardin. Il aime bien taquiner papa.

– Moi aussi, je veux jouer, a-t-il crié. Je serai le peau-rouge. Taureau Debout!

Papa faisait de grands efforts pour se détacher de l'arbre. Monsieur Blédurt dansait autour de papa en poussant des cris.

Nous n'avons pas pu rester pour voir papa et monsieur Blédurt s'amuser, parce que maman nous a appelés pour le goûter. Après le goûter, nous sommes allés dans ma chambre jouer au train électrique.

Quand nous sommes descendus le soir, monsieur Blédurt était parti, mais papa était toujours attaché à l'arbre. Il criait et il faisait des grimaces.

Je ne savais pas que papa aimait tant jouer aux cowboys!

## Vocabulaire

les affaires (f)  *belongings*
le képi  *peaked cap*
les menottes (f)  *handcuffs*
le sifflet  *whistle*
le ceinturon  *waist-belt*
l'étui (m)  *holster*
la hache  *axe, tomahawk*
le pantalon en mouton  *sheepskin trousers*
le gilet en cuir  *leather waistcoat*
la chemise à carreaux  *checked shirt*
le fusil à flèches  *gun with suction darts*
être d'accord  *to agree*
se moquer de  *to make fun of*
la gifle  *slap in the face*
le ventre  *stomach*
pendre  *to hang*
se mettre à  *to begin*
la corde à linge  *clothes line*
le vacarme  *din*
taquiner  *to tease*

## Questions

1 Pourquoi Rufus portait-il un uniforme d'agent de police?
2 A quoi servent les menottes?
3 Pourquoi Alceste ressemblait-il à un gros poulet?
4 Où jouaient les copains?
5 Pourquoi Rufus est-il tombé par terre?
6 Qui faisait le shérif?
7 Pourquoi tous les amis se sont-ils battus?
8 A quoi ont-ils attaché le père de Nicolas?
9 Qui était monsieur Blédurt?
10 Les copains ont-ils joué aux cowboys après le repas?

# 3 Le Bouillon

Aujourd'hui, la maîtresse n'est pas venue à l'école. Nous étions dans la cour, en rang, pour entrer en classe, quand le surveillant nous a dit:

– Votre maîtresse est malade aujourd'hui.

Puis monsieur Dubon, le surveillant, nous a conduits en classe. Nous appelons le surveillant «le Bouillon», quand il n'est pas là, bien sûr. Nous l'appelons ainsi parce qu'il dit tout le temps: «Regardez-moi dans les yeux», ce qui nous fait penser aux taches de graisse qui se trouvent dans le bouillon et qui ressemblent à de petits yeux.

Monsieur Bouillon a une grosse moustache et il punit souvent. On ne peut pas s'amuser avec lui. C'est pourquoi nous n'étions pas contents quand il est venu nous surveiller. Mais heureusement, en arrivant en classe, il nous a dit:

– Je ne peux pas rester avec vous. Je dois travailler avec monsieur le Directeur. Alors, regardez-moi dans les yeux et promettez-moi d'être sages.

Tous nos regards se sont tournés vers lui et nous avons promis. D'ailleurs, nous sommes toujours assez sages.

Mais le Bouillon n'avait pas l'air tout à fait content. Il a demandé qui était le meilleur élève de la classe.

– C'est moi, monsieur, a dit Agnan, tout fier.

C'est vrai, Agnan est le premier de la classe et le chouchou de la maîtresse. Nous ne l'aimons pas beaucoup, mais nous ne pouvons pas lui donner de coups de poing aussi souvent que nous voudrions, à cause de ses lunettes.

— Bon, a dit le Bouillon. Tu vas venir t'asseoir à la place de la maîtresse et tu surveilleras tes camarades. Je reviendrai de temps en temps voir comment les choses se passent. Revisez vos leçons.

Agnan, tout content, est allé s'asseoir au bureau de la maîtresse et le Bouillon est parti.

— Bien, a dit Agnan, prenez vos cahiers d'arithmétique, nous allons faire un problème.

— Tu es fou? a demandé Clotaire.

— Clotaire, taisez-vous, a crié Agnan, qui avait vraiment l'air de se prendre pour la maîtresse.

— Viens me le dire ici, si tu es un homme, a dit Clotaire.

Alors, la porte de la classe s'est ouverte et le Bouillon est entré tout content.

— Ah, a-t-il dit, j'étais resté derrière la porte pour écouter. Vous, là-bas, regardez-moi dans les yeux! Vous allez me conjuguer le verbe: «je ne dois pas être grossier envers un camarade qui est chargé de me surveiller et qui veut me donner des problèmes d'arithmétique.»

24   Puis le Bouillon est sorti, mais il nous a promis qu'il

reviendrait.

Joachim voulait guetter le surveillant à la porte. Tout le monde était d'accord, sauf Agnan, qui criait:

– Joachim, à votre place!

Joachim a tiré la langue à Agnan. Il s'est assis devant la porte et il s'est mis à regarder par le trou de la serrure.

– Il n'y a personne, Joachim? a demandé Clotaire.

Joachim a répondu qu'il ne voyait rien. Alors, Clotaire s'est levé en disant qu'il allait faire manger son livre d'arithmétique à Agnan. Cette idée n'a pas plu à Agnan, qui a crié:

– Non, j'ai des lunettes!

– Tu vas les manger, aussi, a dit Clotaire, qui voulait absolument qu'Agnan mange quelque chose.

Mais Geoffroy a voulu jouer à la balle.

– Et les problèmes, alors? a demandé Agnan, qui n'avait pas l'air content.

Mais nous n'avons pas fait attention à Agnan et nous avons commencé à nous faire des passes entre les bancs.

Puis, nous avons entendu un cri et nous avons vu Joachim assis par terre. Il se tenait le nez avec les mains. Le Bouillon venait d'ouvrir la porte et Joachim ne l'avait pas vu venir.

– Qu'est-ce que tu as? a demandé le Bouillon, tout étonné.

Mais Joachim n'a pas répondu. Il faisait « ouille ouille » et c'est tout. Alors, le Bouillon l'a pris dans ses bras et l'a emmené 25

dehors. Nous avons ramassé la balle et nous sommes retournés à nos places.

Quand le Bouillon est revenu avec Joachim, qui avait le nez tout gonflé, il nous a dit qu'il commençait à en avoir assez.

— Pourquoi ne suivez-vous pas l'exemple de votre camarade Agnan? a-t-il demandé. Et le Bouillon est parti. Joachim nous a expliqué qu'il s'était endormi en regardant par le trou de la serrure.

Agnan a commencé son problème: un fermier va à la foire. Dans un panier il a vingt-huit œufs à cinq francs la douzaine….

— C'est de ta faute si j'ai mal au nez, a dit Joachim.

— Eh bien, a dit Clotaire, on va lui faire manger son livre d'arithmétique, avec le fermier, les œufs et les lunettes.

Alors, Agnan a commencé à pleurer. Il a dit que nous étions des méchants et que ses parents nous feraient tous renvoyer de l'école. Puis, à ce moment-là, le Bouillon a ouvert la porte.

Nous étions tous assis à nos places en silence et le Bouillon a regardé Agnan qui pleurait tout seul, assis au bureau de la maîtresse.

— Alors, quoi! Agnan, a dit le Bouillon. Qu'est-ce que vous faites? Vous allez me rendre fou! Regardez-moi bien dans les yeux, tous. Si je vois quelque chose d'anormal quand je 26 reviendrai la prochaine fois, vous serez tous en retenue!

Le Bouillon est reparti. Comme nous n'aimons pas les punitions qu'il donne, nous avons décidé d'être sages. Personne ne bougeait. Nous entendions seulement renifler Agnan et mâcher Alceste, un copain qui mange tout le temps.

Puis, nous avons entendu un petit bruit. Le bouton de la porte a tourné très doucement, et la porte a commencé à s'ouvrir, petit à petit, en grinçant. Tout le monde regardait la porte. Même Alceste ne mangeait plus. Tout d'un coup, quelqu'un a crié:

— C'est le Bouillon!

La porte s'est ouverte et le Bouillon est entré, tout rouge.

— Qui a dit ça? a-t-il demandé.

— C'est Nicolas, a répondu Agnan.

— Ce n'est pas vrai, sale menteur!

— C'est toi, c'est toi, c'est toi, a crié Agnan, et il s'est mis à pleurer.

— Tu seras en retenue, m'a dit le Bouillon.

— Ce n'est pas lui, m'sieu, c'est Agnan qui a dit le Bouillon, a crié Rufus.

— Ce n'est pas moi qui ai dit le Bouillon, a crié Agnan.

— Tu as dit le Bouillon, je t'ai entendu dire le Bouillon, parfaitement, le Bouillon!

— Ça suffit, a dit le Bouillon, vous serez tous en retenue!

— Pourquoi moi? a demandé Alceste. Je n'ai pas dit le 27

Bouillon, moi.

– Je ne veux plus entendre ce nom ridicule, vous avez compris? a crié le Bouillon, qui avait l'air très énervé.

– Je ne viendrai pas en retenue! a crié Agnan et il s'est roulé par terre en pleurant.

En classe, à peu près tout le monde criait ou pleurait quand le directeur est entré.

– Que se passe-t-il, le Bouil ... ? Monsieur Dubon? a-t-il demandé.

– Je ne sais plus, monsieur le Directeur, a répondu le Bouillon. Il y en a un qui se roule par terre, un autre qui saigne du nez et les autres qui crient. Je n'ai jamais vu ça, jamais!

Et le Bouillon se passait la main dans les cheveux et sa moustache bougeait dans tous les sens.

Le lendemain, mademoiselle est revenue, mais personne n'a revu le Bouillon.


*Vocabulaire*

la tache de graisse   *grease-spot*
le bouillon   *clear soup*
grossier (envers)   *rude (to)*
guetter   *to look out for*
tirer la langue   *to put out one's tongue*
le trou de la serrure   *key-hole*
faire des passes   *to pass the ball*
emmener   *to take away*
gonflé   *swollen*
s'endormir   *to fall asleep*
renvoyer   *to expel*
28  anormal   *abnormal*

être en retenue  *to be in detention*
bouger  *to move*
renifler  *to sniff*
mâcher (fam)  *to munch*
le bouton  *knob*
grincer  *to creak*
saigner  *to bleed*
m'sieu = monsieur

le surveillant
*In France, the teacher has no form-room duties and has to be in school only for the lessons he teaches. The 'surveillants' are responsible for discipline and for the supervision of study periods, combining the function of teacher and prefect in this respect.*

## Questions

1  Les élèves étaient-ils contents de voir le Bouillon dans la cour?
2  Pourquoi le surveillant est-il resté derrière la porte?
3  Où Joachim s'est-il assis?
4  Guettait-il bien le surveillant?
5  Qu'est-ce que Clotaire voulait faire manger à Agnan?
6  Pourquoi Joachim avait-il le nez gonflé?
7  D'où venait le grincement qu'entendaient les élèves?
8  Pourquoi le Bouillon avait-il l'air énervé?
9  Que faisaient les élèves quand le directeur est entré?
10  Y a-t-il des surveillants dans votre école?

# Le Corbeau et le Renard

Maître Corbeau, sur un arbre perché,
   Tenait en son bec un fromage.
Maître Renard, par l'odeur alléché,
   Lui tint à peu près ce langage:
   «Hé! bonjour, Monsieur du Corbeau.
Que vous êtes joli! que vous me semblez beau!
   Sans mentir, si votre ramage
   Se rapporte à votre plumage,
Vous êtes le phénix des hôtes de ces bois.»
A ces mots le corbeau ne se sent pas de joie;
   Et pour montrer sa belle voix,
Il ouvre un large bec, laisse tomber sa proie.
Le renard s'en saisit, et dit: «Mon bon monsieur,
   Apprenez que tout flatteur
Vit au dépens de celui qui l'écoute:
Cette leçon vaut bien un fromage, sans doute.»
   Le corbeau, honteux et confus,
Jura, mais un peu tard, qu'on ne l'y prendrait plus.

*(Jean de La Fontaine)*

# 4 La visite de l'inspecteur

La maîtresse est entrée en classe toute énervée.

– Monsieur l'Inspecteur est dans l'école, nous a-t-elle dit. Je compte sur vous pour être sages et pour faire bonne impression.

La maîtresse avait tort de s'inquiéter, car nous sommes presque toujours sages.

– C'est un nouvel inspecteur, a dit la maîtresse.

Puis elle nous a défendu de parler sans être interrogés ou de rire sans sa permi ion. Elle nous a demandé de ne pas laisser tomber des billes comme la dernière fois que l'inspecteur était là, quand il s'est retrouvé par terre. Elle a demandé à Alceste de cesser de manger en présence de l'inspecteur. Elle a dit à Clotaire, qui est le dernier de la classe, de ne pas se faire remarquer.

Puis la maîtresse a demandé à Agnan, qui est le premier de la classe, de mettre de l'encre dans les encriers, au cas où l'inspecteur voudrait nous faire faire une dictée. Agnan a pris la grande bouteille et il commençait à verser de l'encre dans les encriers du premier banc où Cyrille et Joachim sont assis, quand quelqu'un a crié :

– Voilà l'inspecteur !

Agnan a eu tellement peur qu'il a renversé de l'encre partout sur le banc. C'était une blague. L'inspecteur n'était pas là.

– Je vous ai vu, Clotaire, a crié la maîtresse. C'est vous qui avez dit : « Voilà l'inspecteur. » Allez au piquet.

Clotaire s'est mis à pleurer en disant que s'il allait au piquet il se ferait remarquer et puis l'inspecteur lui poserait beaucoup de questions. D'ailleurs, ce n'était pas une blague. Il avait vu l'inspecteur passer dans la cour avec le directeur.

Comme le premier banc était tout plein d'encre, la maîtresse nous a dit de mettre ce banc au dernier rang. On était en train de remuer tous les bancs quand l'inspecteur est entré avec le directeur. Tout le monde avait l'air bien étonné.

– Ce sont les petits, ils ... ils sont un peu dissipés, a dit le directeur.

– Je vois, a dit l'inspecteur, asseyez-vous mes enfants.

Nous nous sommes tous assis mais, comme nous avions retourné leur banc pour le changer de place, Cyrille et Joachim tournaient le dos au tableau. L'inspecteur a regardé la maîtresse et il lui a demandé si ces deux élèves étaient toujours placés comme ça.

– Un petit incident, a répondu la maîtresse.

L'inspecteur n'avait pas l'air très content.

– Allons, mes enfants, a-t-il dit, remettez ce banc à sa place. Tout le monde s'est levé.

– Pas tous à la fois, a crié l'inspecteur. Vous deux seulement.

Cyrille et Joachim ont retourné le banc et se sont assis.

L'inspecteur a souri en posant ses mains sur le banc.

— Bien, a-t-il dit. Que faisiez-vous quand je suis arrivé?

— On changeait le banc de place, a répondu Cyrille.

— Ne parlons plus de ce banc, a crié l'inspecteur, qui avait l'air énervé. Mais dites-moi d'abord, pourquoi changiez-vous ce banc de place?

— A cause de l'encre, a dit Joachim.

— L'encre? a demandé l'inspecteur, et il a regardé ses mains qui étaient toutes bleues. L'inspecteur a poussé un gros soupir et il a essuyé ses doigts avec un mouchoir.

— Je vois que vous avez quelques ennuis avec la discipline, a dit l'inspecteur à la maîtresse. Il faut employer un peu de psychologie élémentaire. Puis il s'est tourné vers nous avec un grand sourire:

— Mes enfants, je veux être votre ami. Il ne faut pas avoir peur de moi. Je sais que vous aimez vous amuser, et moi aussi, j'aime bien rire. D'ailleurs, vous connaissez l'histoire des deux sourds: un sourd dit à l'autre: «Tu vas à la pêche?» et l'autre dit: «Non, je vais à la pêche.» Alors le premier dit: «Ah bon, je croyais que tu allais à la pêche».

Cette histoire nous a beaucoup plu, mais malheureusement, la maîtresse nous avait défendu de rire sans sa permission. L'inspecteur a beaucoup ri, mais comme personne ne disait rien dans la classe, il a toussé et il a dit:

– Bon, assez ri, au travail.

– Nous lisions la fable *Le Corbeau et le Renard*, a dit la maîtresse.

– Parfait, a dit l'inspecteur, eh bien, continuez.

La maîtresse a fait semblant de chercher dans la classe et puis elle a montré Agnan du doigt.

– Vous, Agnan, récitez-nous la fable.

Mais l'inspecteur a levé la main.

– Vous permettez? a-t-il dit à la maîtresse, et puis il a montré Clotaire du doigt.

– Vous, là-bas, récitez-moi cette fable.

Clotaire a ouvert la bouche et il s'est mis à pleurer.

– Mais qu'est-ce qu'il a? a demandé l'inspecteur.

La maîtresse a dit que Clotaire était très timide. Alors, l'inspecteur a interrogé mon copain Rufus, dont le père est agent de police: Rufus a dit qu'il ne connaissait pas la fable par cœur, mais que c'était l'histoire d'un corbeau qui tenait dans son bec un roquefort.

– Un roquefort? a demandé l'inspecteur, qui avait l'air très étonné.

– Mais non, a dit Alceste, c'était un camembert.

– Pas du tout, a dit Rufus, le camembert ne sent pas bon. Le corbeau n'aurait pas pu le tenir dans son bec.

– Ça ne veut rien dire, a répondu Alceste. Le savon sent très bon, mais c'est très mauvais à manger.

– Tu es bête, a dit Rufus. Je vais dire à mon papa de donner beaucoup d'amendes à ton papa.

Et ils se sont battus.

Tout le monde était debout. Tout le monde criait, sauf Agnan, qui récitait *Le Corbeau et le Renard*. La maîtresse, l'inspecteur et le directeur criaient:

– Assez!

Quand toute la classe s'est assise, l'inspecteur a sorti son mouchoir et il s'est essuyé la figure. Il s'est mis de l'encre partout. Malheureusement, on n'avait pas le droit de rire sans permission.

Alors, l'inspecteur s'est approché de la maîtresse.

– Vous avez toute ma sympathie, Mademoiselle, a-t-il dit. Continuez. Courage. Bravo.

Et il est parti, très vite, avec le directeur.

*Vocabulaire*

s'inquiéter   *to worry*
défendre de   *to forbid*
la bille   *marble*
se faire remarquer   *to attract attention*
verser   *to pour*
la blague (fam)   *joke*
aller au piquet   *to go and stand in the corner*
remuer   *to shift*
dissipé   *inattentive*
en train de   *in the middle of*
à la fois   *at the same time*
le soupir   *sigh*
36   essuyer   *to wipe*

l'ennui (m)   *worry*
le sourd   *deaf person*
tousser   *to cough*
faire semblant de   *to pretend*
montrer du doigt   *to point to*
le roquefort   *a blue-veined type of cheese*
le camembert   *a creamy, round cheese, with a very strong smell when ripe*
l'amende (f)   *fine*

## Questions

1   Que s'est-il passé la dernière fois que l'inspecteur est venu?
2   La maîtresse avait-elle tort de s'inquiéter?
3   Pourquoi a-t-elle demandé à Clotaire de ne pas se faire remarquer?
4   Que faisaient les élèves quand l'inspecteur est entré en classe?
5   Qu'y avait-il sur les mains de l'inspecteur?
6   Qui a ri en entendant l'histoire des sourds?
7   Pourquoi Clotaire a-t-il pleuré?
8   Qu'est-ce que le corbeau tenait dans son bec?
9   Les autres élèves écoutaient-ils bien la fable quand Agnan l'a récitée?
10   Pourquoi l'inspecteur s'est-il essuyé la figure?

# 5 Djodjo

L'après-midi, la maîtresse est arrivée avec un petit garçon qui avait les cheveux tout rouges, des taches de rousseur et les yeux bleus.

– Mes enfants, a dit la maîtresse, je vous présente un nouveau petit camarade. Il est étranger et ses parents l'ont mis dans cette école pour apprendre à parler français. Je compte sur vous pour m'aider et pour être gentils avec lui.

Puis la maîtresse s'est tournée vers le nouveau et elle lui a dit :

– Dis ton nom à tes camarades.

Le nouveau n'a pas compris. Il a souri et nous avons vu qu'il avait beaucoup de vilaines dents.

– Le veinard, a dit Alceste, qui mange tout le temps, avec des dents comme ça, il doit mordre d'énormes morceaux.

Comme le nouveau ne disait rien, la maîtresse nous a dit qu'il s'appelait Georges Macintosh.

– Yes, a dit le nouveau, Dgeorges.

– Pardon, mademoiselle, a demandé Maixent, s'appelle-t-il Georges ou Dgeorges ?

La maîtresse nous a expliqué qu'il s'appelait Georges, mais que dans sa langue, ça se prononçait Dgeorges.

– Bon, a dit Maixent, on l'appellera Jojo.

– Non, a dit Joachim, il faut prononcer Djodjo.

– Tais-toi, Djoachim, a dit Maixent, et la maîtresse les a mis tous les deux au piquet.

La maîtresse a fait asseoir Djodjo à côté d'Agnan. Agnan a toujours peur des nouveaux, qui peuvent devenir premiers et chouchous. Avec nous, Agnan sait qu'il est tranquille.

Djodjo s'est assis en souriant toujours de toutes ses dents.

– C'est dommage que personne ne parle sa langue, a dit la maîtresse.

– Moi, je possède quelques rudiments d'anglais, a dit Agnan.

Mais, quand Agnan a parlé à Djodjo, Djodjo l'a regardé, puis il s'est mis à rire et il s'est tapé le front avec le doigt. Agnan était très vexé, mais Djodjo avait raison. Agnan lui avait raconté l'histoire de son tailleur qui était riche et du jardin de son oncle qui était plus grand que le chapeau de sa tante.

La récréation a sonné et nous sommes sortis. Comme Clotaire ne savait pas sa leçon, il est resté dans la salle. Quand Clotaire est interrogé, il n'a jamais de récréation.

Dans la cour, nous avons entouré Djodjo. Nous lui avons posé beaucoup de questions, mais d'abord il n'a rien répondu. Il nous a montré ses dents. Puis, il a commencé à parler, mais nous n'avons rien compris. Il disait «oinshouinshouin» et c'est tout. Geoffroy, qui va beaucoup au cinéma, a dit:

– Il parle en version originale: il lui faut des sous-titres.

– Je peux traduire, a dit Agnan, qui voulait essayer ses rudiments encore une fois.

– Bah, a dit Rufus, toi, tu es un dingue!

Djodjo aimait bien ce mot. Il a montré Agnan du doigt et il a dit:

– Aoh! Dinguedinguedingue!

Il était tout content. Agnan n'était pas content, mais tous 40 les autres copains trouvaient que Djodjo était bien gentil. Moi, je lui ai donné un bout de mon morceau de chocolat.

– Qu'est-ce qu'on fait comme sport dans ton pays? a demandé Eudes.

Comme Djodjo ne comprenait pas, il continuait à dire «dinguedinguedingue». Mais Geoffroy a répondu:

– Les Anglais jouent au tennis.

– Espèce d'idiot, a crié Eudes, je ne te parlais pas!

– Espèce d'idiot. Dinguedinguedingue! a crié le nouveau, qui avait l'air très content.

Mais Geoffroy n'était pas content.

– Qui est un idiot? a-t-il demandé.

Alors, Eudes lui a donné un coup de poing sur le nez. Quand il a vu le coup de poing, Djodjo s'est arrêté de dire «dinguedinguedingue» et «espèce d'idiot». Il a regardé Eudes en disant:

– Boxing? Très bon!

Il s'est mis les mains devant la figure et il a commencé à danser tout autour de Eudes comme les boxeurs à la télévision.

– Qu'est-ce qu'il a? a demandé Eudes.

– Il veut faire de la boxe avec toi, a répondu Geoffroy, qui se frottait le nez.

Eudes a essayé de boxer avec Djodjo, mais il se fâchait vite.

– S'il ne laisse pas son nez en place, comment puis-je me battre avec lui? a-t-il crié.

Puis, Djodjo a donné un coup de poing à Eudes qui l'a fait tomber par terre. Eudes n'était pas fâché.

– Tu es costaud! a-t-il dit en se relevant.

– Costaud, dingue, espèce d'idiot! a répondu le nouveau, qui apprenait très vite.

La récréation s'est terminée et Alceste a dit qu'il n'avait jamais le temps de finir les quatre petits pains beurrés qu'il prenait de chez lui chaque jour.

Quand nous sommes entrés en classe, la maîtresse a demandé à Djodjo s'il s'était bien amusé. Alors, Agnan s'est levé en disant :

– Mademoiselle, ils lui apprennent des gros mots.

– Ce n'est pas vrai, sale menteur! a crié Clotaire, qui n'était pas sorti en récréation.

– Dingue, espèce d'idiot, sale menteur, a dit Djodjo tout fier.

La maîtresse n'était pas contente du tout.

– Vous devriez avoir honte, a-t-elle dit, de profiter d'un camarade qui ne sait pas parler votre langue. Vous vous êtes conduits comme de petits sauvages, des mal élevés.

– Dingue, espèce d'idiot, sale menteur, sauvage, mal élevé, a dit Djodjo, qui avait l'air de plus en plus content.

La maîtresse l'a regardé avec des yeux tout ronds.

– Mais ... mais Georges, a-t-elle dit, il ne faut pas répéter ces choses-là.

– Vous voyez, Mademoiselle? a dit Agnan. Qu'est-ce que je vous disais?

– Si tu ne veux pas rester en retenue, Agnan, a crié la maîtresse, je te prierai de garder tes réflexions pour toi!

Agnan s'est mis à pleurer.

– Vilain cafard, a crié Eudes.

Heureusement, la cloche a sonné la fin des cours. La maîtresse a dit au nouveau :

– Je me demande ce que tes parents vont penser.

– Vilain cafard, a répondu Djodjo, en lui donnant la main.

La maîtresse avait tort de s'inquiéter. Les parents de Djodjo ont dû penser qu'il avait appris tout le français dont il avait besoin. La preuve est que Djodjo n'est plus revenu à l'école.

*Vocabulaire*

la tache de rousseur   *freckle*
étranger   *foreign*
la vilaine dent   *big, ugly tooth*
mordre   *to bite*
la langue   *language*
c'est dommage   *it's a shame*
le sous-titre   *sub-title*
fier   *proud*
avoir honte   *to be ashamed*
profiter de   *to take advantage of*
se conduire   *to behave*
mal élevé   *badly brought up*
la preuve   *proof*

*Colloquial words and expressions*

le veinard   *lucky fellow*
le dingue   *crackpot*
espèce d'idiot   *idiot, silly fool*
costaud   *hefty, strong (chap)*
sale menteur (m)   *dirty liar*
vilain cafard (m)   *miserable sneak*
le gros mot   *swear word*

*Questions.*

1   Quelle langue parlait le nouveau?
2   Comment étaient ses dents?
3   Qui voulait avoir les mêmes dents?
4   Agnan avait-il peur de Clotaire?
5   Quels sont les sports favoris des Français?
6   Quels sont vos sports favoris?
7   Djodjo avait-il peur des autres élèves?
8   Quel élève trouvait la récréation trop courte?
9   Pourquoi la maîtresse était-elle étonnée?
10  Pourquoi Djodjo n'est-il plus revenu à l'école?

# 6  Les carnets

Cet après-midi, à l'école, tout le monde était bien triste parce que le directeur est venu en classe nous distribuer les carnets. Il n'avait pas l'air content quand il est entré avec nos carnets sous le bras.

– Je suis professeur depuis des années, a dit le directeur, et je n'ai jamais vu une classe aussi dissipée. Les observations sur vos carnets en sont la preuve. Je vais commencer à distribuer les carnets.

Clotaire, qui est le dernier de la classe, s'est mis à pleurer. Ses parents sont très fâchés tous les mois quand ils lisent ce que la maîtresse a écrit dans son carnet. Une fois par mois, sa maman ne fait pas de dessert et son papa va voir la télévision chez des voisins.

Sur mon carnet à moi il y avait:
– Elève turbulent. Souvent distrait. Pourrait faire mieux.

Eudes avait:
– Elève dissipé. Se bat avec ses camarades. Pourrait faire mieux.

Sur le carnet de Rufus il y avait:
– Persiste à jouer en classe. Pourrait faire mieux.

Le seul qui ne pouvait pas faire mieux était Agnan. Il est le premier de la classe et le chouchou de la maîtresse. Le

directeur nous a lu le carnet d'Agnan :

– Elève intelligent. Arrivera.

Le directeur nous a dit de suivre l'exemple d'Agnan. Puis il est parti.

Quand la cloche a sonné la fin de la classe, nous sommes sortis doucement sans rien dire, au lieu de courir tous à la porte, de nous pousser et de nous jeter les cartables à la tête, comme nous le faisons d'habitude. A la maison, il faudra montrer nos carnets à nos parents, qui doivent les signer.

Dans la rue, nous marchions lentement, en traînant les pieds. Nous avons attendu Alceste, qui était entré dans la pâtisserie acheter six petits pains au chocolat, qu'il a commencé à manger tout de suite.

– Il faut faire des provisions, nous a dit Alceste, parce que ce soir, pour le dessert….

Puis il a poussé un gros soupir, tout en mâchant.

Il faut dire que sur le carnet d'Alceste il y avait :

– Si cet élève mettait autant d'énergie au travail qu'à se  47 nourrir, il serait le premier de la classe, car il pourrait faire mieux.

Quand nous sommes arrivés au coin, nous nous sommes séparés. Clotaire est parti en pleurant, Alceste en mangeant et Rufus en sifflant tout bas. Moi, je suis resté tout seul avec Eudes, qui avait l'air le moins ennuyé.

– Si tu as peur de rentrer chez toi, tu pourras coucher chez moi ce soir, m'a dit Eudes.

C'est un bon copain. Nous sommes partis ensemble, mais plus on s'approchait de la maison de Eudes, moins Eudes parlait. Arrivé devant la porte de la maison, Eudes avait l'air de plus en plus inquiet. Nous sommes restés là un moment sans parler, puis j'ai dit:

– Alors, on entre?

Eudes s'est gratté la tête et puis il m'a répondu:

– Attends-moi un petit moment. Je reviendrai te chercher.

Il est entré chez lui. Par la porte entr'ouverte j'ai entendu une claque, puis une voix qui criait:

– Au lit sans dessert, petit bon à rien!

Maintenant, je devais rentrer chez moi. J'ai commencé à marcher en faisant attention de ne pas mettre les pieds sur les espaces entre les pavés. Je savais bien ce que papa me dirait. Lui, il était toujours le premier de sa classe. Il ramenait de l'école beaucoup de tableaux d'honneur, qu'il aimerait me montrer. Malheureusement, il les a perdus dans le déménagement quand il s'est marié. Après, il me dirait qu'il se saignait aux quatre veines pour me donner une bonne éducation et que j'étais un ingrat. Enfin, il dirait que je n'aurais pas le droit d'aller au cinéma ce mois-là.

En tout cas, c'est ce qu'il m'a dit le mois dernier et le mois d'avant.

48    Il commençait à faire nuit quand je suis arrivé chez moi.

Dans le salon, papa était en train de parler à maman. Il avait beaucoup de papiers sur la table devant lui et il n'avait pas l'air content.

– C'est incroyable, disait papa. A voir ce que l'on dépense dans cette maison, on croirait que je suis un multimillionnaire ! Regarde-moi ces factures. Cette facture du boucher ! Celle de l'épicier !

Maman n'était pas contente non plus. Elle disait à papa qu'il n'avait aucune idée du coût de la vie et qu'un jour il devrait faire des courses avec elle. Puis elle a dit qu'elle retournerait chez sa mère.

Alors, j'ai donné le carnet à papa. Papa l'a ouvert, il l'a signé et il me l'a rendu en disant :

– Tout ce que je demande, c'est que l'on m'explique pourquoi le gigot coûte ce prix-là !

– Monte jouer dans ta chambre, Nicolas, m'a dit maman.

– C'est ça, c'est ça, a dit papa.

Je suis monté dans ma chambre et je me suis couché sur le lit. Je n'étais pas content du tout.

Si mes parents m'aimaient, ils s'occuperaient un peu de moi.

## Vocabulaire

le carnet  *report-book*
distrait  *inattentive*
d'habitude  *usually*
le cartable  *satchel*
traîner  *to drag*
se nourrir  *to feed oneself*
se gratter  *to scratch oneself*
entr'ouvert  *half-open*
la claque  *slap*
l'espace (m)  *space*
ramener  *to bring back*
le déménagement  *moving house*
se saigner aux quatre veines (fam)  *to pinch and scrape*
l'ingrat (m)  *ungrateful person*
dépenser  *to spend*
la facture  *bill*
le gigot  *leg of lamb*
le coût  *cost*
s'occuper de  *to pay attention to*

le tableau d'honneur

*In French schools, a pupil's written work is marked out of twenty. The exact procedure for awarding 'merit-marks' varies from school to school, but, in general, any pupil whose marks in each subject have consistently exceeded ten out of twenty is awarded 'le tableau d'honneur', once a month or once a fortnight, depending on how frequently the 'carnets' are issued. The award takes the form of a written statement:*

*e.g.* «L'élève X a mérité le tableau d'honneur pour le mois de janvier.»

*Questions*

1  Qui a distribué les carnets aux élèves?
2  Quand distribuait-on les carnets à l'école de Nicolas?
3  Cette distribution a-t-elle lieu aussi souvent dans les écoles anglaises?
4  Pourquoi le père de Clotaire allait-il voir la télévision chez des voisins une fois par mois?
5  Quel élève avait toujours de bonnes observations sur son carnet?
6  Pourquoi Alceste mangeait-il plus que d'habitude ce soir-là?
7  Pourquoi le père de Nicolas ne pouvait-il pas lui montrer ses tableaux d'honneur?
8  De quoi parlaient les parents de Nicolas?
9  L'ont-ils beaucoup grondé?
10  Quelles observations pensez-vous trouver sur votre carnet à la fin du trimestre?

# La Marseillaise

Allons, enfants de la patrie,
Le jour de gloire est arrivé;
Contre nous de la tyrannie
L'étendard sanglant est levé. *(bis)*
Entendez-vous dans les campagnes
Mugir ces féroces soldats?
Ils viennent jusque dans nos bras
Egorger vos fils, vos compagnes!

    Aux armes, Citoyens!
    Formez vos bataillons!
    Marchons! Marchons!
    Qu'un sang impur
    Abreuve nos sillons!

# 7 La répétition

Aujourd'hui, nous sommes tous descendus dans la cour et le directeur est venu nous parler.

– Mes chers enfants, nous a-t-il dit, j'ai le grand plaisir de vous annoncer, qu'à l'occasion de son passage dans notre ville, M. le Ministre va nous faire l'honneur de venir visiter cette école. Vous savez sans doute que M. le Ministre est un ancien élève de l'école. Il est pour vous un exemple, un exemple qui prouve qu'en travaillant bien il est possible d'aspirer aux plus hautes destinées. Je veux donner à M. le Ministre un accueil inoubliable et je compte sur vous pour m'aider dans ce but.

Et le directeur a envoyé Clotaire et Joachim au piquet parce qu'ils se battaient.

Après, le directeur a réuni tous les professeurs et tous les surveillants et il leur a dit comment il voulait recevoir le ministre. Pour commencer, tout le monde allait chanter la Marseillaise. Puis, trois petits s'avanceraient avec des fleurs qu'ils donneraient au ministre. Je me suis demandé pourquoi notre maîtresse avait l'air inquiète. Le directeur a dit que nous allions commencer la répétition tout de suite. Nous étions très contents de ne pas aller en classe.

Mademoiselle Vanderblergue, qui est professeur de chant, nous a fait chanter la Marseillaise. Elle n'était pas contente. 53

Pourtant, on faisait un drôle de bruit. C'est vrai que nous, nous étions un peu en avance sur les grands. Eux, ils en étaient au jour de gloire qui est arrivé et nous, nous en étions déjà au deuxième étendard sanglant qui est levé. Tous les copains chantaient, sauf Rufus et Alceste. Rufus, qui ne connaît pas les paroles, faisait «lalala». Alceste ne chantait pas parce qu'il était en train de manger un croissant. Mademoiselle Vanderblergue a fait de grands gestes avec les bras pour nous faire taire. Elle nous a grondés, nous qui avions gagné, ce qui n'était pas juste. Mademoiselle Vanderblergue était très fâchée parce que Rufus, qui chante en fermant les yeux, n'avait pas vu qu'il fallait s'arrêter et il continuait à faire «lalala» Notre maîtresse a parlé au directeur et il nous a dit que seulement les grands chanteraient. Les petits feraient semblant de chanter. Puis, nous avons continué la répétition.

Le directeur a dit à Alceste de ne pas faire des grimaces pareilles pour faire semblant de chanter. Alceste lui a répondu qu'il ne faisait pas semblant de chanter, mais qu'il mâchait. Alors, le directeur a poussé un gros soupir.

— Bon, a dit le directeur, après la Marseillaise, on va faire avancer trois petits.

Il nous a regardés, et puis il a choisi Eudes, Agnan, qui est le premier de la classe et le chouchou de la maîtresse, et moi.

— S'ils étaient des filles, a dit le directeur, nous pourrions les habiller en bleu, blanc et rouge, ou, au moins, leur mettre un ruban dans les cheveux.

— Si on me met un ruban dans les cheveux, je me plaindrai au ministre, a dit Eudes.

Le directeur a tourné la tête très vite et il a regardé Eudes.

— Qu'est-ce que tu as dit? a demandé le directeur.

Alors, notre maîtresse a répondu très vite:

– Rien, M. le Directeur, il a toussé.

– Mais non, mademoiselle, a dit Agnan, je l'ai entendu, il a dit....

La maîtresse ne l'a pas laissé finir.

– Je ne t'ai rien demandé, a-t-elle dit.

Agnan s'est mis à pleurer. Il a dit que personne ne l'aimait, qu'il se sentait mal et qu'il allait en parler à son papa.

Le directeur s'est passé la main sur la figure et il a demandé à la maîtresse s'il pouvait continuer. La maîtresse est devenue toute rouge.

– Bien, a dit le directeur, ces trois enfants vont s'avancer vers M. le Ministre pour lui offrir des fleurs. Il me faut quelque chose qui ressemble à des bouquets de fleurs pour la répétition.

Le Bouillon, qui est le surveillant, a dit:

– J'ai une idée, M. le Directeur, je reviens tout de suite.

Il est parti en courant et il est revenu avec trois plumeaux. Le Bouillon nous a donné un plumeau à chacun, à Eudes, à Agnan et à moi.

– Bien, a dit le directeur, maintenant, les enfants, nous allons supposer que je suis M. le Ministre. Alors, vous, vous vous avancez et vous me donnez les plumeaux.

Nous lui avons donné les plumeaux. Le directeur les tenait dans les bras quand, tout d'un coup, il s'est fâché. Il a regardé Geoffroy et il lui a dit:

– Vous, là-bas. Je vous ai vu rire. Dites-nous ce qu'il y a de si drôle, je vous prie.

– C'est ce que vous avez dit, m'sieu, a répondu Geoffroy. L'idée de mettre des rubans dans les cheveux de Nicolas, de Eudes, et de ce sale chouchou d'Agnan, m'a fait rire.

– Tu veux un coup de poing sur le nez? a demandé Eudes.

– Oui, ai-je dit.

Geoffroy m'a donné une gifle. Tous les copains ont commencé à se battre, sauf Agnan, qui se roulait par terre en criant qu'il n'était pas un sale chouchou et que son papa se plaindrait au ministre. Le directeur agitait ses plumeaux et criait :

– Arrêtez ! Mais arrêtez !

Tout le monde courait partout. Mademoiselle Vanderblergue s'est trouvée mal. Il y avait un bruit formidable.

Le lendemain, quand le ministre est venu, tout s'est bien passé. Malheureusement, nous ne l'avons pas vu parce que nous étions enfermés à clef dans la buanderie.

Il a de drôles d'idées, le directeur.


*Vocabulaire*

répéter   *to rehearse*
ancien   *former*
l'accueil (m)   *welcome*
inoubliable   *unforgettable*
le but   *objective*
en avance sur   *ahead of*
se taire   *to be silent*
gagner   *to win*
faire des grimaces   *to pull faces*
se sentir mal   *to feel ill*
le plumeau   *feather-duster*
se plaindre   *to complain*
agiter   *to wave*
se trouver mal   *to be about to faint*
enfermer à clef   *to lock up*
la buanderie   *laundry-room*

*Questions*

1 Quelle visite annonçait le directeur?
2 Pourquoi a-t-il choisi Eudes, Agnan et Nicolas pour offrir les fleurs au ministre?
3 Que devaient chanter les élèves?
4 Quel copain faisait semblant de chanter?
5 Quelles sont les couleurs du drapeau français?
6 Pourquoi la maîtresse est-elle devenue toute rouge?
7 Allait-on donner des plumeaux au ministre?
8 Pourquoi les élèves ont-ils été enfermés dans la buanderie?
9 Le directeur avait-il tort de s'inquiéter?
10 Nicolas a-t-il offert des fleurs au ministre?

# 8 Le Petit Poucet

La maîtresse nous a expliqué que le directeur de l'école allait partir. Il va prendre sa retraite. Une grande cérémonie, comme celle pour la distribution des prix, aura lieu devant les parents. Dans la grande salle, il y aura des chaises, des fauteuils pour le directeur et pour les professeurs, des fleurs et une estrade pour faire la représentation. Les comiques, comme d'habitude, ce sera nous, les élèves.

Chaque classe prépare quelque chose. Les grands vont faire de la gymnastique. Ils se mettent tous les uns sur les autres et celui qui est le plus haut agite un petit drapeau, pendant que tout le monde applaudit. Ils ont fait ça, l'année dernière, pour la distribution des prix. C'était très beau, mais à la fin ils sont tombés avant d'agiter le drapeau. La classe au-dessus de la nôtre va danser. Ils seront tous habillés en paysans, avec des sabots. Ils se mettront en rond, ils taperont sur l'estrade avec les sabots, mais au lieu d'agiter un drapeau, ils agiteront des mouchoirs en criant «youp-là». Il y a une classe qui va chanter «Frère Jacques» et un ancien élève qui va faire un discours. Celui-ci nous dira que c'est parce que le directeur lui a donné de bons conseils qu'il est devenu un homme et secrétaire à la mairie.

Et nous? La maîtresse nous a dit que nous allions jouer une 61 pièce! Une pièce comme celles que j'ai vues à la télévision de Clotaire, parce que papa n'a pas encore voulu acheter un poste.

La pièce s'appelle le Petit Poucet et le Chat Botté. Aujourd'hui en classe, nous allons faire la première répétition et la maîtresse doit nous dire quels seront nos rôles. Geoffroy est venu habillé en cowboy, mais la maîtresse n'a pas beaucoup aimé son costume.

— Je t'ai déjà dit, Geoffroy, lui a-t-elle crié, que je n'aime pas te voir venir à l'école habillé en cowboy. D'ailleurs, il n'y a pas de cowboys dans cette pièce.

— Pas de cowboys? a demandé Geoffroy, et vous appelez ça une pièce?

La maîtresse l'a mis au piquet.

L'histoire de la pièce est très compliquée et je n'ai pas très bien compris quand la maîtresse nous l'a racontée. Je sais qu'il y a le Petit Poucet qui cherche ses frères et qui rencontre le Chat Botté. Il y a aussi le Marquis de Carabas et un ogre qui veut manger les frères du Petit Poucet. Le Chat Botté aide le Petit Poucet et l'ogre est vaincu. Il devient gentil et je crois qu'à la fin il ne mange pas les frères du Petit Poucet.

— Voyons, a dit la maîtresse, qui va jouer le rôle du Petit Poucet?

— Moi, mademoiselle, a dit Agnan. C'est le rôle principal et je suis le premier de la classe.

C'est vrai qu'Agnan est le premier de la classe et le chouchou de la maîtresse. C'est aussi un mauvais camarade, qui pleure tout le temps et à qui on ne peut pas donner de coups de poing à cause des lunettes qu'il porte.

— Toi, tu auras l'air ridicule, a dit Eudes.

Agnan s'est mis à pleurer. La maîtresse a mis Eudes au piquet, à côté de Geoffroy.

– Il me faut un ogre, maintenant, a dit la maîtresse, un ogre qui veut manger le Petit Poucet.

Moi, j'ai dit qu'Alceste jouerait bien le rôle de l'ogre, car il est très gros et il mange tout le temps. Mais Alceste n'était pas d'accord. Il a regardé Agnan et il a dit:

– Je ne mange pas de ça, moi.

C'est la première fois qu'Alceste a refusé de manger quelque chose. Agnan s'est vexé parce qu'Alceste n'a pas voulu le manger.

– Si tu ne retires pas ce que tu as dit, a crié Agnan, je me plaindrai à mes parents et je te ferai renvoyer de l'école.

– Silence! a crié la maîtresse. Alceste, tu feras les villageois, et puis aussi, tu seras le souffleur, pour aider tes camarades pendant la représentation.

L'idée de souffler aux copains, ce qu'il fait souvent quand ils sont au tableau, a beaucoup amusé Alceste. Il a pris un biscuit dans sa poche et l'a mangé en disant:

– D'ac!

– Veux-tu parler correctement? a crié la maîtresse.

– D'ac, mademoiselle, a corrigé Alceste.

La maîtresse a poussé un gros soupir. Elle a l'air fatiguée, ces jours-ci.

Pour le Chat Botté, la maîtresse avait d'abord choisi Maixent. Elle lui avait dit qu'il aurait un beau costume, une épée, des moustaches et une queue. Maixent voulait bien le beau costume, les moustaches et surtout l'épée, mais il ne voulait pas de queue.

– J'aurai l'air d'un singe, a-t-il dit.

– Ça ne changera rien, a répondu Joachim.

Maixent lui a donné un coup de pied. Joachim lui a rendu une gifle et la maîtresse les a mis tous les deux au piquet. Puis la maîtresse m'a dit que je ferai le Chat Botté. Elle a dit aussi 63 qu'elle commençait à en avoir assez de cette classe et qu'elle plaignait beaucoup nos parents.

Rufus a été choisi pour faire l'ogre et Clotaire pour faire le Marquis de Carabas. Puis la maîtresse nous a donné des feuilles écrites à la machine, sur lesquelles il y avait nos rôles. Quand elle a vu qu'il y avait beaucoup d'acteurs au piquet, elle leur a dit de revenir pour aider Alceste à faire les villageois. Alceste n'était pas content, car il voulait faire les villageois tout seul, mais la maîtresse lui a dit de se taire.

— Bon, a dit la maîtresse, nous allons commencer. Lisez bien vos rôles. Agnan, voilà ce que tu vas faire: tu arrives ici, tu es désespéré. Tu cherches tes frères dans la forêt et tu te trouves devant Nicolas, le Chat Botté. Vous autres, les villageois, vous dites, tous ensemble: «Mais, c'est le Petit Poucet et le Chat Botté».

Nous nous sommes mis devant le tableau noir. Moi, j'avais mis une règle à ma ceinture pour faire semblant que c'était l'épée. Agnan a commencé à lire son rôle:

— Mes frères, a-t-il dit, où sont mes pauvres frères?

— Mes frères, a crié Alceste, où sont mes pauvres frères?

— Mais enfin, Alceste, que fais-tu? a demandé la maîtresse.

— Eh bien, a répondu Alceste, je suis le souffleur, alors je souffle!

— Mademoiselle, a dit Agnan, quand Alceste souffle, il m'envoie des miettes de biscuit sur mes lunettes et je n'y vois plus rien. Je me plaindrai à mes parents!

Agnan a enlevé ses lunettes pour les essuyer. Alors, vite, Alceste lui a donné une gifle.

— Sur le nez! a crié Eudes, un coup de poing sur le nez!

Agnan s'est mis à crier. Maixent, Joachim et Geoffroy ont commencé à faire les villageois.

64    — Mais, c'est le Petit Poucet, disaient-ils, et le Chat Botté!

Moi, je me battais avec Rufus. J'avais la règle et Rufus avait un plumier. Tout d'un coup, la maîtresse a crié:

– Assez! A vos places! Vous ne jouerez pas cette pièce pendant la fête. Monsieur le directeur ne verra pas ça.

Nous sommes tous restés la bouche ouverte. C'est la première fois que la maîtresse a puni le directeur!

*Vocabulaire*

le Petit Poucet  *Tom Thumb*
le Chat Botté  *Puss in Boots*
prendre sa retraite  *to retire*
avoir lieu  *to take place*
le fauteuil  *armchair*
l'estrade (f)  *platform, stage*
le comique  *comedian*
le sabot  *wooden shoe*
faire un discours  *to make a speech*
la mairie  *town hall*
la pièce  *play*
le souffleur  *prompter*
l'épée (f)  *sword*
le singe  *monkey*
la ceinture  *belt*
la miette  *crumb*
d'ac! (fam) = d'accord!  *agreed!*
le plumier  *pencil-box*

*Questions*

1  Pourquoi le directeur prenait-il sa retraite?
2  A quoi servait l'estrade?
3  Pourquoi Nicolas ne voyait-il jamais la télévision chez lui?
4  Quel rôle voulait jouer Geoffroy?

65

5

5 Qui faisait le Petit Poucet?
6 Pourquoi Maixent n'aimait-il pas tout à fait le costume du Chat Botté?
7 Combien d'élèves se trouvaient au piquet?
8 Comment Alceste a-t-il enfin réussi à donner un coup de poing à Agnan?
9 Alceste avait-il raison de répéter ce que disait Agnan?
10 Racontez l'histoire du Petit Poucet.

# 9 Je suis malade

Je me sentais très bien hier. J'ai mangé beaucoup de caramels, de bonbons, de gâteaux, de frites et de glaces. Mais dans la nuit, j'ai été très malade. Je me demande pourquoi.

Le docteur est venu ce matin. Je l'aime bien, le docteur. Ca me plaît quand il met la tête sur ma poitrine, parce qu'il est tout chauve et je vois son crâne qui brille juste sous mon nez. Le docteur n'est pas resté longtemps. Il a dit à maman:

– Il a besoin de repos. Il peut rester couché aujourd'hui. Mettez-le à la diète.

Maman m'a dit:

– Tu as entendu le docteur. J'espère que tu vas être très sage et très obéissant.

J'étais un peu étonné, parce que je suis toujours très sage. J'ai pris un livre et j'ai commencé à lire. C'était l'histoire d'un petit ours qui se perdait dans la forêt où il y avait des chasseurs. Moi, j'aime mieux les histoires de cowboys, mais tante Pulchérie, à tous mes anniversaires, me donne des livres pleins de petits ours, de petits lapins, de petits chats, de toutes sortes de petites bêtes. Tante Pulchérie doit aimer les animaux.

Le méchant loup était sur le point de manger le petit ours, quand maman est entrée, suivie d'Alceste. Alceste est mon ami. Il est très gros et il mange tout le temps.

– Regarde Nicolas, m'a dit maman, ton petit ami Alceste est venu te rendre visite.

Puis elle a vu la boîte qu'Alceste avait sous le bras.

– Que portes-tu là, Alceste? a-t-elle demandé.

– Des chocolats, a répondu Alceste.

Alors, maman a dit à Alceste qu'il était très gentil, mais que j'étais à la diète et que je ne pouvais pas manger de chocolats. Alceste a dit à maman qu'il les avait apportés pour les manger lui-même. Maman a regardé Alceste d'un air étonné, puis elle est sortie en nous disant d'être sages.

Alceste s'est assis à côté de mon lit et il m'a regardé sans rien dire en mangeant ses chocolats. Je voulais en manger aussi.

– Alceste, ai-je dit, veux-tu me donner de tes chocolats?

– Je te croyais malade, m'a répondu Alceste.

– Toi, tu n'es pas gentil, lui ai-je dit.

Alceste s'est mis deux chocolats dans la bouche. Alors, nous nous sommes battus.

Maman est arrivée en courant et elle n'était pas contente. Elle nous a séparés, elle nous a grondés, et puis elle a dit à Alceste de partir. Alceste m'a serré la main, il m'a dit «à bientôt» et il est parti. Je l'aime bien, Alceste, et je n'étais pas content de le voir partir.

Maman a regardé mon lit et elle s'est mise à crier. En nous battant, nous avions écrasé quelques chocolats sur les draps. Il y en avait aussi sur mon pyjama et dans mes cheveux. Maman m'a dit que j'étais insupportable et elle a changé les draps. Elle m'a emmené à la salle de bains, où elle m'a lavé avec une éponge et de l'eau de Cologne. J'ai mis un pyjama propre, le bleu à rayures. Maman m'a quitté en me disant de ne pas la déranger.

Alors, je me suis couché encore une fois et j'ai continué à lire mon livre. Le vilain loup n'avait pas mangé le petit ours, parce

qu'un chasseur avait tué le loup. Maintenant, un lion voulait manger le petit ours, mais celui-ci ne voyait pas le lion, parce qu'il mangeait du miel. Tout ça me donnait de plus en plus faim. Comme je ne voulais pas déranger maman, je me suis levé pour aller voir s'il y avait quelque chose de bon dans le frigidaire.

Il y avait beaucoup de bonnes choses dans le frigidaire. On mange très bien à la maison. J'ai pris dans mes bras une cuisse de poulet, du gâteau à la crème et une bouteille de lait.

– Nicolas ! a crié maman derrière moi.

J'ai eu très peur et j'ai tout lâché. Maman avait l'air fâchée comme tout. Elle n'a rien dit. Elle m'a emmené à la salle de bains et elle m'a lavé avec l'éponge et de l'eau de Cologne. Puis elle m'a fait changer de pyjama parce que le lait et le gâteau à la crème avaient fait des taches sur celui que je portais. Maman m'a donné le pyjama rouge à carreaux et elle m'a envoyé coucher en toute hâte. Puis elle a nettoyé la cuisine.

De retour dans mon lit, je n'ai pas voulu reprendre le livre avec le petit ours que tout le monde voulait manger. Comme je n'avais rien d'autre à faire, j'ai décidé de dessiner. Je suis allé chercher un vieux stylo et des feuilles de papier dans le bureau de papa. Je n'ai pas pris les belles feuilles de papier blanc avec le nom de papa écrit en lettres brillantes dans le coin. J'ai pris des papiers où il y avait des choses écrites d'un côté et dont personne n'aurait sûrement besoin.

Je suis rentré vite dans ma chambre et je me suis couché. J'ai dessiné des bateaux de guerre qui se battaient contre des avions qui explosaient dans le ciel. J'ai dessiné aussi des châteaux forts. Comme je ne faisais pas de bruit, maman est venue voir ce qui se passait. Elle s'est mise à crier de nouveau. Il faut dire que le stylo de papa perd un peu d'encre. D'ailleurs, c'est pourquoi papa ne s'en sert plus. C'est très pratique pour dessiner les explosions, mais moi, j'étais tout couvert d'encre et il y en avait aussi sur les draps et sur le couvre-lit. Maman était très fâchée. Et puis, il y avait des choses importantes sur 71

les papiers que j'avais utilisés.

Maman m'a fait lever, elle a changé les draps du lit, elle m'a emmené à la salle de bains, elle m'a lavé avec une pierre ponce, avec l'éponge et avec ce qui restait au fond de la bouteille d'eau de Cologne. Elle m'a donné une vieille chemise de papa à la place de mon pyjama parce que je n'en avais plus de propre.

Le soir, le docteur est venu mettre la tête sur ma poitrine et je lui ai tiré la langue. Il m'a dit que j'étais guéri et que je pouvais me lever.

Mais aujourd'hui, on n'a vraiment pas de chance avec les maladies à la maison. Le docteur a trouvé que maman avait mauvaise mine et il lui a dit de se coucher et de se mettre à la diète.

## Vocabulaire

les frites (f.pl) *chips*
chauve *bald*
mettre quelqu'un à la diète *to put someone on a diet*
l'ours (m) *bear*
serrer la main *to shake hands*
le drap *sheet*
l'éponge (f) *sponge*
tuer *to kill*
déranger *to disturb*
le miel *honey*
le frigidaire *refrigerator*
la cuisse de poulet *drumstick*
la tache *stain*
de nouveau *again*
se servir de *to use*
le couvre-lit *bedspread*
la pierre ponce *pumice-stone*
guérir *to cure*
avoir mauvaise mine *to look ill*

## Questions

1  Pourquoi Nicolas a-t-il été malade?
2  De quelle couleur étaient les cheveux du docteur?
3  Comment Nicolas s'est-il amusé d'abord?
4  Qui est venu lui rendre visite?
5  Le visiteur a-t-il offert un cadeau à Nicolas?
6  Pourquoi la mère de Nicolas a-t-elle dû changer les draps?
7  Comment le pyjama bleu à rayures s'est-il sali?
8  Qu'est-ce que Nicolas a dessiné?
9  Pourquoi Nicolas a-t-il mis une vieille chemise de son père?
10 La maladie de Nicolas était-elle contagieuse?

# 10 Monsieur Bordenave n'aime pas le soleil

Moi, je ne comprends pas monsieur Bordenave quand il dit qu'il n'aime pas le beau temps. Bien sûr, on peut s'amuser aussi quand il pleut. On peut marcher dans le ruisseau, on peut lever la tête et ouvrir la bouche pour avaler des gouttes d'eau. A la maison c'est bien aussi, parce qu'il fait chaud. Je joue avec le train électrique et maman fait du chocolat avec des gâteaux. Mais quand il pleut, il n'y a pas de récréation à l'école, parce que nous ne pouvons pas descendre dans la cour. C'est pourquoi je ne comprends pas monsieur Bordenave. Car, lui aussi, il profite du beau temps. C'est lui qui nous surveille pendant la récréation.

Aujourd'hui, par exemple, il a fait très beau. Comme d'habitude, nous sommes arrivés dans la cour en rang et monsieur Bordenave nous a dit: «Rompez»! Nous nous sommes très bien amusés.

– Jouons au gendarme et au voleur! a crié Rufus, dont le père est agent de police.

– Mais non, a dit Eudes, jouons au football.

Ils se sont battus. Eudes est très fort et il aime bien donner des coups de poing sur le nez des copains. Rufus ne s'y attendait pas, alors il s'est cogné sur Alceste, qui était en train de manger un sandwich à la confiture. Le sandwich est tombé par

terre et Alceste s'est mis à crier. Monsieur Bordenave est
arrivé en courant. Il a séparé Eudes et Rufus et les a mis au
piquet.

– Et mon sandwich? a demandé Alceste. Qui me le rendra?

– Tu veux aller au piquet, aussi? a répondu monsieur
Bordenave.

– Non, moi je veux mon sandwich à la confiture, a dit
Alceste.

Monsieur Bordenave est devenu tout rouge et il a commencé
à souffler par le nez, ce qu'il fait quand il est fâché. Mais il n'a
pas pu continuer à parler avec Alceste, parce que Maixent et
Joachim se battaient.

– Rends-moi ma bille, a crié Joachim, qui tirait sur la
cravate de Maixent.

– Qu'est-ce qui se passe ici? a demandé monsieur Bordenave.

– Joachim crie parce qu'il n'aime pas perdre, a dit Eudes.
Si vous voulez, je peux lui donner un coup de poing sur le nez.

Monsieur Bordenave a regardé Eudes, tout surpris.

– Je croyais que tu étais au piquet? a-t-il dit.

– Eh bien, oui, c'est vrai, a dit Eudes, et il est retourné au
piquet.

Maixent devenait tout rouge, parce que Joachim tenait
toujours sa cravate. Monsieur Bordenave les a envoyés tous
les deux au piquet, pour rejoindre les autres.

– Et mon sandwich à la confiture? a demandé Alceste, qui
mangeait un sandwich à la confiture.

– Mais tu es en train d'en manger un, a dit monsieur
Bordenave.

– Ça ne fait rien, a crié Alceste. J'apporte quatre sandwichs
pour la récréation et je veux les manger tous.

Monsieur Bordenave n'a pas eu le temps de se fâcher, parce
qu'il a reçu une balle sur la tête, pof!

– Qui a fait ça? a crié monsieur Bordenave, en se tenant le front.

– C'est Nicolas, monsieur, a dit Agnan, je l'ai vu.

Agnan est le premier de la classe et le chouchou de la maîtresse. Nous ne l'aimons pas beaucoup, mais il porte des lunettes et nous ne pouvons pas lui donner des coups de poing aussi souvent que nous voudrions.

– Vilain! ai-je crié.

Agnan s'est mis à pleurer et puis il s'est roulé par terre.

Monsieur Bordenave m'a demandé si j'avais jeté la balle. J'ai répondu que nous jouions au football et que je ne l'avais pas envoyé exprès.

– Je vous défends de jouer à ces jeux brutaux. Je confisque la balle. Et toi, tu vas au piquet, m'a dit monsieur Bordenave.

J'ai répondu que ce n'était pas juste. Agnan avait l'air tout content et il est parti avec son livre. Agnan ne joue pas pendant la récréation: il emporte un livre et il repasse ses leçons. Il est fou, Agnan.

– Et mon sandwich à la confiture? a demandé Alceste. J'en ai déjà mangé trois et il me faut mon quatrième, je vous préviens.

Monsieur Bordenave était sur le point d'ouvrir la bouche pour lui répondre, mais il n'a pas pu parler parce qu'Agnan était par terre et poussait des cris terribles.

– Quoi encore? a demandé monsieur Bordenave.

– C'est Geoffroy, il m'a poussé. Mes lunettes sont tombées, a dit Agnan.

– Mais non, monsieur, ce n'est pas Geoffroy, Agnan est tombé tout seul, a dit Eudes.

– De quoi te mêles-tu? a demandé Geoffroy. C'est moi qui l'ai poussé.

78    Monsieur Bordenave a crié à Eudes de retourner au piquet

et il a dit à Geoffroy de l'accompagner. Puis, il a ramassé Agnan, qui saignait du nez et il l'a emmené à l'infirmerie, suivi d'Alceste qui lui parlait de son sandwich à la confiture.

Nous avons décidé de jouer au foot. Comme les grands jouaient déjà au foot dans la cour, les joueurs des deux parties se sont vite mélangés. Tout le monde se battait. Mais, malgré le bruit, on a entendu le cri de monsieur Bordenave qui revenait de l'infirmerie avec Agnan et Alceste.

– Regardez, a dit Agnan, ils ne sont plus au piquet.

Monsieur Bordenave avait l'air vraiment ennuyé. Il est venu en courant vers nous, mais il n'est pas arrivé, parce qu'il a glissé sur le sandwich à la confiture d'Alceste et il est tombé.

Monsieur Bordenave s'est relevé et, en se frottant le pantalon, il s'est mis beaucoup de confiture sur la main. Nous avons recommencé à nous battre, mais monsieur Bordenave a regardé sa montre et il est allé sonner la cloche. La récréation était finie.

Pendant que nous nous mettions en rang, le Bouillon est venu.

– Alors, mon vieux Bordenave? a dit le Bouillon, comment ça va?

– Comme d'habitude, a répondu monsieur Bordenave. Qu'est-ce que tu veux? Quand je me lève le matin et que je vois qu'il fait beau, je suis désespéré.

Non, vraiment, moi je ne comprends pas monsieur Bordenave quand il dit qu'il n'aime pas le soleil.

*Vocabulaire*

le ruisseau   *guiter*
avaler   *to swallow*
la goutte   *drop*
rompez!   *dismiss!*

s'attendre à   *to expect*
se cogner (sur)   *to knock (into)*
souffler   *to blow*
exprès   *deliberately*
prévenir   *to warn*
de quoi te mêles-tu?   *what's it to do with you?*
saigner   *to bleed*
l'infirmerie (f)   *sick-room*
la partie   *game*
se mélanger   *to mingle*
malgré   *in spite of*
se frotter   *to rub*

*Questions*

1   Pourquoi monsieur Bordenave n'aime-t-il pas le soleil?
2   Comment Nicolas s'amuse-t-il quand il pleut?
3   Préférez-vous la pluie ou le beau temps?
4   Qu'est-il arrivé à Alceste?
5   Pourquoi Maixent et Joachim se sont-ils battus?
6   Combien de fois Agnan s'est-il roulé par terre pendant la récréation?
7   Où monsieur Bordenave a-t-il emmené Agnan?
8   Pourquoi monsieur Bordenave est-il tombé par terre?
9   Qui est le Bouillon?
10   Que faites-vous à l'école pendant la récréation?